nickelodeon

BIENVENUE CHEZ LES LOUD

Opération séduction

Adaptation : Olivier Gay.
Création graphique du roman : Le chalet graphique.
Hachette Livre, 58, rue Jean-Bleuzen, 92178 Vanves Cedex.

nickelodeon

BIENVENUE CHEZ LES LOUD

Opération séduction

hachette JEUNESSE

LINCOLN

Dans la famille Loud, il y a toujours de l'ambiance. Il faut dire qu'avec onze enfants, on ne s'ennuie jamais. À 11 ans, Lincoln est le **seul garçon**. Et pour survivre à ses dix sœurs, autant avoir un plan et rester zen !

11 ans

LORI

Lori est l'aînée de la fratrie et la **chef** auto-proclamée. Son portable à la main, elle passe son temps à appeler Bobby, son petit ami.

17 ans

LENI

Naïve et tête en l'air, Leni est toujours à la pointe de la **mode**. Elle dessine et coud des tenues hyper stylées !

16 ans

LUNA

Luna, la **rock star**, adore parler en chantant et jouer de la guitare, son instrument préféré. Avec elle, difficile d'avoir un peu de calme.

15 ans

LUAN

Comédienne dans l'âme, Luan est un vrai petit **clown**. Elle raconte sans arrêt des blagues et adore faire rire son frère et ses sœurs.

14 ans

LYNN

Pour Lynn, il n'y a rien de mieux que le **sport**. Plus elle peut se dépenser, plus elle s'amuse !

13 ans

LUCY

À 8 ans, Lucy ne parle que de choses tristes et effrayantes. Avec son look **gothique**, elle fait peur à Lincoln, qui ne la voit souvent qu'au dernier moment.

8 ans

LANA

La jumelle de Lola est son parfait opposé ! Elle aime fouiller les poubelles pour y trouver des choses **sales** et dégoûtantes.

6 ans

LOLA

Lola se prend pour une vraie **princesse** ! Seuls le rose et les paillettes trouvent grâce à ses yeux.
Très maligne, elle obtient souvent ce qu'elle veut.

6 ans

LISA

Du haut de ses 4 ans, Lisa est la plus **intelligente** de la famille.
Cachée derrière ses grosses lunettes, elle a réponse à tout !

4 ans

LILY

Le petit **bébé** des Loud est la chouchoute de toute la famille. Surnommée affectueusement << la machine à popo >>, Lily cherche par tous les moyens à se débarrasser de sa couche sale !

15 mois

CLYDE

Fils unique, Clyde adorerait avoir plein de sœurs. Toujours fourré chez Lincoln, son **meilleur ami**, il est fou amoureux de Lori.

11 ans

Quelle torture !

Tu as sûrement déjà suivi les aventures de Lincoln Loud, ce garçon qui vit dans une grande maison avec dix sœurs. Chaque journée ressemble à un parcours du combattant et, d'habitude, Lincoln est presque content d'aller à l'école. Au moins, dans sa classe, il peut se détendre…

… sauf en cours de gym. Le coach Pacowski n'hésite pas à faire transpirer ses élèves, et chaque heure est un vrai calvaire. Grand et fort, chacun de ses bras est aussi épais que le corps de Lincoln !

Cet après-midi, par exemple, il jette des ballons sur les enfants pour les obliger à les esquiver. Une fille est touchée en plein visage, tandis qu'un garçon tente de s'échapper… sans succès. Au milieu du terrain de sport, Lincoln et Clyde tremblent de tous leurs membres.

– Je déteste le sport, déclare Lincoln.

À peine a-t-il prononcé ces mots qu'il se fait faucher à son tour. Il ne reste plus que Clyde sur le terrain.

– Et le pire, c'est que la classe n'a pas encore commencé, gémit celui-ci.

Il sautille sur place pour éviter les attaques, mais le prochain ballon le frappe avec une telle violence qu'il en perd ses vêtements !

La partie se termine, faute de combattants. Le coach siffle tandis que les enfants grimacent sur le sol.

– Fin de l'échauffement, nous pouvons commencer ! déclare-t-il.

Quoi ? Ce n'était rien de plus que l'échauffement ?

– Euh, coach, est-ce qu'on peut jouer avec le parachute, aujourd'hui ? demande Zach en levant la main.

En guise de réponse, il reçoit un ballon en pleine figure.

– Je ne crois pas qu'il t'ait entendu, observe Rusty. Réessaie, pour voir ?

Il voulait se moquer de son camarade, mais c'est lui qui se fait toucher, cette fois-ci !

– En rang ! hurle le coach Pacowski en utilisant son sifflet. Voici le

programme du jour : un parcours d'obstacles.

Le professeur s'est surpassé : on dirait un exercice militaire ! Il a accroché des échelles au plafond, a entassé des matelas et ajouté des pièges. Il ne manque plus que des lions ou des crocodiles – sans doute parce qu'il n'en a pas trouvés.

– Est-ce que c'est légal d'avoir des barbelés à l'école ? s'inquiète une jeune fille avec un ruban bleu dans les cheveux.

– En avant, madame je-sais-tout ! réplique le coach, mécontent.

Il siffle de nouveau et tous les élèves se précipitent vers le parcours. Bien sûr, c'est une catastrophe. Lincoln et Clyde s'emmêlent dans de vieux

pneus, tandis que Zach se fait écraser par un contrepoids.

– Ça brûle, gémit Rusty, qui reste accroché à une corde à nœuds.

Les autres élèves ne s'en sortent pas mieux et le coach lève les yeux au ciel.

– Un peu de nerfs ! Je vous défends de quitter la salle avant d'avoir terminé ce parcours !

Mais soudain, une voix plus douce résonne juste derrière lui :

– Bonjour, coach Pacowski !

C'est Agnès Johnson, l'institutrice. Aussitôt, le coach se trouble et perd sa belle assurance. Il enlève sa casquette pour saluer :

– Ah, c'est vous ! Hé, hé, bonjour, madame Johnson, bredouille-t-il.

Il est tellement intimidé qu'il glisse sur un ballon et s'écrase au sol. Il se relève… puis retombe.

Mme Johnson est déjà partie, mais le professeur reste les yeux dans le vide. Des cœurs tourbillonnent autour de lui. Il est a-mou-reux !

Pendant ce temps, sur le parcours d'obstacles, les enfants n'ont pas tellement progressé. Ils viennent tous rejoindre M. Pacowski pour plaider leur cause.

– Coach, on peut arrêter ? Mon ongle de pied est tombé, gémit la fille au ruban.

– Oui, bien sûr, glousse le sportif, toujours dans ses rêves. La classe est

terminée pour aujourd'hui. Je vous donne vingt sur vingt !

Eh bien, quel changement de comportement !

Sans hésiter, les élèves profitent de cette permission pour quitter le gymnase au plus vite.

Malheureusement, dans les couloirs de l'école, les problèmes ne sont pas terminés :

– Vous pouvez m'aider à ouvrir mon casier ? demande Rusty en montrant ses doigts bandés. La corde m'a brûlé les mains.

– Le prof nous a démolis aujourd'hui, confirme Zach, épuisé.

– Ouais, on peut dire merci à Mme Johnson de nous avoir sauvés des barbelés, intervient la jeune fille au ruban.

– Le coach l'aime bien, ça saute aux yeux, ajoute Liam.

– Vous imaginez s'il était en couple avec elle ? se met à rêver Clyde. La gym serait beaucoup moins pénible !

– On pourrait jouer avec le parachute plus souvent, confirme Zach.

Ce n'est pas le genre de choses à dire devant Lincoln. Il lui suffit de quelques secondes pour échafauder un plan.

– Je crois que vous êtes sur la bonne piste, réfléchit-il. Il faut simplement qu'on les mette en couple.

– Et tu peux me dire comment on est censés s'y prendre ? ironise Liam.

– Laissez-moi faire, réplique son ami, confiant.

En effet, Lincoln a dix sœurs à la maison et certaines s'y connaissent *très bien* en histoires de cœur ! Il est grand temps d'appeler la famille Loud à la rescousse !

Les conseils de Lori

De retour à la maison, Lincoln décide de prendre conseil auprès de sa sœur aînée. Après tout, Lori a un amoureux, Bobby, et ils sont tout le temps collés ensemble. S'il y a bien un domaine dans lequel elle s'y connaît, ce sont les relations amoureuses. Elle pourra forcément l'aider !

– Alors voilà, commence-t-il, cette fille plaît beaucoup à l'un de mes amis.

Lori l'écoutait à peine au début, car les problèmes de son frère ont tendance à l'ennuyer. Mais à peine a-t-il parlé d'amour qu'elle pousse un cri de joie. Elle se sert de sa couverture pour créer une tente et leur donner un peu d'intimité.

– Oh, ce n'est pas vrai ! glousse-t-elle. Ce fameux copain, ça ne serait pas toi ? Où l'as-tu rencontrée ?

Elle est tout excitée. Voilà donc le premier coup de cœur de son frère ! Mais Lincoln la détrompe aussitôt :

– Non, non, ce n'est pas moi… Bref, elle lui a tapé dans l'œil. Comment savoir si c'est réciproque ?

Bien sûr, Lori ne le croit absolument pas. Elle est convaincue qu'il cherche des conseils pour lui-même, mais qu'il n'ose pas le lui demander directement. Ce serait bien le genre de son frère !

– Oh, il te suffit d'envoyer Clyde faire le boulot, explique-t-elle avec un large sourire.

– Ce n'est pas pour moi ! insiste Lincoln. Tu peux faire un petit effort ?

Comment est-ce que je fais pour savoir si elle a des sentiments pour lui ?

– Je ne m'en fais pas pour toi, réplique Lori, soudain moins enthousiaste. Elle va succomber à tes charmes.

Lincoln prend sa tête entre ses mains. Décidément, sa sœur refuse de comprendre.

– Lori, je suis à deux doigts d'aller demander conseil à Lola.

Il s'agit de sa petite sœur. Elle n'a que six ans, mais elle adore se regarder dans le miroir et participer à des concours de beauté. Elle aussi aurait pu lui donner son avis, même si, la plupart du temps, ses méthodes sont un peu trop directes et explosives. Lincoln n'aimerait pas qu'on lui suggère de kidnapper la jeune femme et de la séquestrer chez lui, par exemple !

– OK, soupire Lori, toujours convaincue que Lincoln veut des conseils pour lui-même. J'accepte de t'aider avec ton « ami ». Il suffit de vanter ses mérites quand elle se trouve aux alentours. Rends-le plus attirant qu'il n'est.

– Ouais, super conseil ! se réjouit Lincoln. Merci !

Il sort de la chambre de Lori et appelle aussitôt son meilleur ami avec son talkie-walkie spécial. Grâce à cet objet, ils peuvent rester en contact en permanence… et faire toutes les bêtises du monde.

– Clyde, tu m'entends ?

– Cinq sur cinq, répond celui-ci. Tu as parlé à Lori ?

– C'est fait, et elle m'a donné de précieux conseils, confirme Lincoln. Mais je vais avoir besoin de ton aide.

– Compte sur moi ! confirme Clyde.

Le lendemain, à la récréation, les deux garçons se retrouvent à l'extérieur du gymnase. Ils passent la tête par la porte pour vérifier que la voie est libre. Ouf, il n'y a personne !

– On y est, déclare Lincoln. Selon Lori, il faut commencer par trouver les qualités du coach.

– Compris ! lance Clyde, avant d'hésiter : Euh, il en a vraiment ?

– À nous de le découvrir !

Les deux amis se faufilent à l'intérieur, sur la pointe des pieds, et se cachent derrière des paniers remplis de ballons de basket. Lincoln tend la main… et ouvre le loquet qui fermait le panier. Les ballons roulent dans tous les sens dans le gymnase !

Attiré par le bruit, le coach ne peut que constater le désastre.

– C'est quoi, ce chantier ? Je venais juste de les ranger !

Pendant qu'il court après les ballons, les deux comploteurs se glissent dans le bureau qu'il vient de quitter.

De nombreux trophées décorent les murs, et un ordinateur trône au milieu de la pièce. Mais ce qui attire l'attention de Lincoln en

premier, c'est un gros livre posé négligemment sur la table.

– Waouh, un manuel de médecine, admire-t-il. Le coach veut peut-être devenir docteur ?

– Ce serait pratique, étant donné le nombre de blessés durant ses cours, observe Clyde.

– Et le plus important, c'est que ça va impressionner Mme Johnson !

Maintenant qu'ils sont dans le bureau du coach, les deux enfants n'ont pas l'intention de partir aussi vite. M. Pacowski mettra sûrement du temps à ranger tous les ballons, et il y a peut-être d'autres indices à trouver…

… comme ces photos de voyage qui s'entassent sur les étagères. Sur la première, le coach se tient devant la tour Eiffel. Sur la deuxième, il visite le Taj Mahal, un temple célèbre en Inde. Et sur la troisième, il marche sur la Grande Muraille de Chine. Il faut croire qu'il adore visiter différents pays et découvrir d'autres cultures. Il est sûrement plus ouvert d'esprit qu'il ne le laisse croire.

– Eh bien, quel globe-trotteur, admire Clyde. Mme Johnson sera ravie !

Mais soudain, le téléphone portable sur le bureau se met à sonner. Affolés, les deux enfants plongent sous la table… juste à temps, car le coach arrive pour répondre.

– Ici coach Pacowski, se présente ce dernier en décrochant. Sal ? Oui, merci de m'avoir rappelé ! Je voulais ton avis sur une pièce pour mon bateau.

– Il a dit « bateau », murmurent les deux enfants en même temps, tout excités.

S'il possède un bateau, c'est qu'il est riche, sans même parler du parfum d'exotisme que cela implique. Voilà comment il a dû visiter tous les pays dont il a des photos ! Les deux enfants l'imaginent aussitôt en train de naviguer sur les mers du monde à la barre de son yacht, le teint hâlé par le soleil, prêt à jeter l'ancre dans une crique abandonnée pour se baigner dans une eau tropicale.

C'est incroyable ! En quelques minutes, ils ont découvert de nombreuses facettes cachées de leur coach !

Lori avait raison, il peut se révéler vraiment intéressant si on creuse un peu. Et ils ont désormais assez de munitions pour convaincre leur institutrice.

Un plan parfait

Comment faire pour donner à Mme Johnson les informations qu'ils ont récoltées, sans qu'elle ne s'en rende compte ? Les deux enfants ne peuvent quand même pas aller la voir directement : elle ne les prendrait pas au sérieux. Et puis, Lincoln préfère toujours les missions d'espionnage, cela lui donne l'impression d'être un héros comme ceux de ses bandes dessinées.

Le meilleur moment pour pouvoir faire passer discrètement ce message, c'est à la cantine, lorsque les élèves et les professeurs se trouvent dans la même pièce.

Durant la pause de midi, les deux enfants s'installent donc exprès à une table à côté de celle de leur professeure.

– Mon cher Clyde, j'ai découvert quelque chose d'invraisemblable aujourd'hui, annonce Lincoln d'une voix suffisamment forte pour qu'elle puisse entendre. Est-ce que tu savais que le coach Pacowski étudiait pour devenir médecin ?

– C'est vrai ? répond Clyde en criant presque, lui aussi. Impossible, avec

une vie pareille ! Il passe déjà tout son temps sur son bateau à explorer le monde…

– Un bateau ? Sérieusement ? continue Lincoln.

Les deux enfants s'amusent comme des fous à jouer ainsi la comédie. Derrière eux, Mme Johnson tend l'oreille malgré elle pour mieux entendre cette conversation.

– Oui, il vient juste de commander une nouvelle pièce, confirme Clyde.

– Waouh ! s'extasie Lincoln. Je ne savais pas que le coach avait les moyens de se payer ça ! Je me demande pourquoi il est encore célibataire.

– Parce qu'il est trop modeste pour se faire mousser, suggère Clyde.

– Sauf avec son shampoing, pour avoir d'aussi beaux cheveux, ajoute Lincoln.

Ils ont réussi leur coup : leur institutrice n'a pas raté une miette de leurs déclarations et a eu l'air ravie de découvrir tous ces détails sur la vie du coach. C'est plutôt bon signe, non ?

Le soir même, Lincoln retourne voir sa sœur Lori, très occupée à se mettre du vernis à ongles. Après tout, c'est grâce à elle s'ils en sont arrivés là ! Il ne peut qu'admirer son talent dès qu'il s'agit de relations amoureuses.

– J'ai bien suivi ton conseil et la fille semble intéressée par mon ami, annonce-t-il. Quelle est la suite ?

– À ton avis ? glousse Lori. Tu dois l'inviter ! Tous les voyants sont au vert pour ce rendez-vous, Roméo !

Elle est toujours convaincue que Lincoln est trop timide pour demander de l'aide et parle d'un « ami » alors qu'il cherche lui-même des conseils. Et plus il proteste, plus elle en est sûre.

– Euh, ce n'est pas pour moi, insiste son frère.

– Bien, dans ce cas, dis à ton « copain » que c'est carrément dans la poche, se moque Lori. Ça va durer longtemps, ce petit jeu, Lincoln ?

Décidément, ce n'est pas aujourd'hui qu'il pourra lui dire la vérité. D'un autre côté, son premier conseil était excellent, alors pourquoi ne pas suivre le second ?

Il est temps pour le coach de faire sa déclaration !

Le lendemain, Clyde et Lincoln s'emparent d'un ballon de basket et se font des passes juste devant le bureau de leur coach, afin qu'il puisse entendre toute leur conversation.

– Dis, je me sens vraiment mal pour Mme Johnson. C'est la journée nationale du rencard entre profs, et personne n'est allé la voir, commence Clyde.

Ce n'est peut-être pas très crédible, mais c'est le seul argument qu'ils ont trouvé !

– Hein ? s'étonne Lincoln. Je me demande pourquoi M. Wolfson ne l'a pas approchée.

– Euh… elle n’est pas fan des profs de mathématiques, explique Clyde. Elle penche plutôt pour les types musclés. Tu vois, le genre de prof autoritaire qui sait se faire respecter de ses élèves.

Bien sûr, M. Pacowksi écoute toute la conversation. Installé devant son ordinateur, il dissimule un sourire satisfait. C’est exactement son portrait !

– Sans parler des sifflets, continue Clyde. Elle adore les sifflets !

C'est le coup de grâce ! Le coach sourit jusqu'aux oreilles, c'en est presque effrayant. D'un pas décidé, il quitte son bureau, passe devant les deux enfants et continue son chemin – sûrement pour proposer un rendez-vous à Mme Johnson. Il est désormais convaincu d'être l'homme de ses rêves.

– Oui ! Il a plongé ! se réjouit Lincoln.

– Peut-être, admet Clyde, mais il n'arrivera à rien avec ces vêtements.

En effet, le coach n'a même pas pris la peine de se changer. Il porte toujours un jogging et un tee-shirt,

comme à l'entraînement. Voilà qui n'impressionnera pas Mme Johnson, qui est toujours bien habillée.

Heureusement, le coach peut compter sur le soutien sans faille (et imprévu) des deux enfants.

Lincoln dérobe un bouquet de fleurs dans le bureau du directeur, pendant que Clyde récupère un costume parmi les déguisements du théâtre. Il est temps de passer au plan suivant : « Rendons le coach plus attirant » !

Victoire !

Les deux amis interceptent le coach dans le couloir alors qu'il se dirige vers la classe de Mme Johnson. En effet, il ne s'est pas changé et court droit à la catastrophe. Heureusement que les enfants sont là !

Lincoln fait semblant de boire au lavabo… et dirige le jet d'eau vers le visage de M. Pacowski. Le pauvre homme est trempé !

– Oh, pardon ! s'écrie Lincoln. J'ai un peigne juste ici. Approchez !

Il profite de la diversion pour discipliner les cheveux mal coiffés du coach, qui se laisse pomponner sans rien comprendre.

– Mais..., bredouille-t-il.

En parallèle, Clyde arrive dans son dos et projette de la mayonnaise sur ses vêtements !

– Désolé, s'excuse-t-il. J'ai un tee-shirt tout propre sous la main qui vous ira à ravir…

Sans laisser le temps à leur professeur de réagir, les deux enfants le changent de la tête aux pieds pour qu'il ressemble (un peu plus) à un prince charmant. Il a désormais les cheveux bien peignés et porte un costume violet avec des manches bouffantes et de la dentelle. On dirait qu'il est tout droit sorti d'un conte de fées.

Il manque encore la touche finale : Lincoln brandit les fleurs qu'il a récupérées tout à l'heure.

– Tiens ? s'interroge innocemment Lincoln. Qu'est-ce que je vais bien pouvoir faire avec un bouquet aussi gros ? Je suis allergique !

Bien sûr, le coach se rend tout de suite compte que ces fleurs pourraient lui être utiles.

– Loud, donne-moi ça ! ordonne-t-il en les lui arrachant des mains.

Bien joué ! Le professeur est même convaincu que c'est sa décision. D'un pas conquérant, il reprend son chemin vers la femme dont il est amoureux.

Il ouvre la porte de la salle de classe et Mme Johnson, prise par surprise, se recoiffe rapidement. Elle a l'air ravie de le voir.

– Oh, c'est vous, coach ? souffle-t-elle. Ces fleurs sont pour moi ?

– Euh, oui, c'est… c'est pour vous, en effet, bafouille le sportif.

Lui qui a toujours été si sûr de lui a du mal à la regarder en face. Il rit d'un air gêné avant d'ajouter :

– Agnès… Euh… Je me demandais si vous accepteriez de dîner avec moi ce soir ?

– J'imagine que je peux repousser mon cours de yoga à plus tard, répond la jeune femme en souriant. J'accepte !

Le coach est tellement content qu'il pousse un petit gloussement… avant de se rendre compte que des dizaines d'élèves le regardent. Il n'avait même pas vu qu'il interrompait Mme Johnson en plein milieu d'un cours !

– Qu'est-ce que vous regardez ? gronde-t-il en retrouvant sa grosse voix. Allez, au boulot !

Puis il se souvient de ce que les enfants ont dit devant son bureau, et il sort discrètement (enfin, pas si discrètement que ça) le sifflet qu'elle est censée aimer.

– Désolé, je n'y peux rien, déclare-t-il en se rapprochant d'elle. *J'ai une sorte d'autorité naturelle qui impose le respect…*

Il conclut sa tirade d'un coup de sifflet strident.

Dans le couloir, Lincoln et Clyde ont tout vu. Leur plan a fonctionné sans un seul accroc – ce qui est rare ! Ils se tapent dans la main, ravis.

Le lendemain, les deux amis se retrouvent juste avant le cours de sport. C'est le moment de vérité. Leur plan a-t-il fonctionné ?

– Ça y est, Clyde, déclare Lincoln. Si tout s'est déroulé comme prévu hier soir, le cours de gym devrait être uniquement consacré à faire…

Il ouvre en grand la porte du gymnase, dévoilant le reste de la classe en train de s'amuser à tendre une grande toile de parachute. L'un d'eux peut monter dessus et rebondir très haut, comme sur un trampoline.

– … du parachute ! concluent les deux garçons d'une même voix, ravis.

C'est l'activité sportive qu'ils préfèrent tous ! Finis les parcours du combattant impossibles, les blessures aux pieds, les brûlures aux doigts et les fils barbelés dangereux. Désormais, le cours de sport sera une parenthèse de bonheur dans la journée.

– On l'a fait, mon pote ! crie Clyde, enivré par sa victoire.

– Immortalise ce moment ! répond Lincoln en le serrant contre lui.

En les entendant, tous les élèves se tournent vers eux et poussent des cris de joie :

– Ouais !

– Youpi !

– Lincoln, tu es notre héros !

– Il n'y avait pas que moi, répond modestement le garçon. C'était un travail d'équipe de Clincoln McCloud.

En mixant leurs deux noms et prénoms, ça sonne un peu comme une agence de détectives… ou de super-héros ! Les deux amis se glissent sous la toile du parachute pendant que les enfants l'agitent en scandant :

– Clincoln McCloud ! Clincoln McCloud ! Clincoln McCloud !

Mais, une fois l'euphorie passée, Clyde fronce les sourcils. Quelque chose ne va pas.

– Où est passé le coach ?

– Probablement au téléphone pour organiser son mariage, répond Lincoln, détendu.

Ils sortent la tête du parachute pour regarder dans le bureau... et aperçoivent M. Pacowski en train de raccrocher. Il était bel et bien au téléphone, mais il n'a pas l'air ravi de quelqu'un qui planifierait un mariage. Au contraire, il se frappe la tête contre le bureau à plusieurs reprises, désespéré.

Qu'a-t-on bien pu lui annoncer ?

– Il ne doit plus y avoir de costumes à son goût ? essaie de deviner Clyde.

– Euh, je pense que c'est plus grave, s'inquiète Lincoln.

– Tu as raison, il réagit comme ma mamie quand elle a perdu Bingo. Son chien, hein, pas le jeu.

Que s'est-il passé entre M. Pacowski et Mme Johnson pour que le coach soit aussi déprimé ?

Déception

Les deux complices sortent du parachute pour aller retrouver le coach dans son bureau :

– Hé, est-ce que ça va ? demande Lincoln.

– Comme un charme, gronde le coach avec la voix de quelqu'un qui ne va pas du tout « comme un charme ». Bien que ma vie sentimentale soit un désastre et que je sois condamné à finir tout seul.

Oh, oh. Ce n'est pas du tout ce qui était prévu. Si jamais l'histoire d'amour avec la professeure n'aboutit pas, il redeviendra grincheux et donnera de nouveau à sa classe des exercices impossibles !

– Pourquoi, monsieur ? s'étonne Lincoln. On vous a pourtant vu inviter Mme Johnson l'autre jour. Elle semblait ravie !

– Eh bien, elle a vite déchanté, grogne le coach. Je vais vous dire la vérité, les enfants : je l'ai beaucoup déçue.

– Déçue comment ? insiste Clyde.

– C'est curieux, mais elle pensait que j'avais un yacht, explique M. Pacowski. Quand je lui ai dit que je vivais sur un bateau avec maman, elle a eu le même regard que l'oncle Bill quand il a perdu Belote. Son chat, pas le jeu.

Lincoln et Clyde se jettent un regard, embarrassés. Vivre avec ses parents, à son âge, sans avoir de maison, c'est un peu moins séduisant que d'avoir un bateau de croisière, en effet. Ils n'auraient pas dû tirer de conclusions hâtives. Leur travail d'enquête a été un peu bâclé. Heureusement que le coach a d'autres qualités, comme sa passion des voyages. Mme Johnson a forcément été sensible à cet argument !

Mais le coach continue, déprimé :

– Et quelle désillusion quand elle a su que je n'étais pas un globe-trotteur baroudant aux quatre coins du monde.

– Ce n'est pas le cas ? s'étonne Lincoln, avant de se justifier en désignant les photos sur les étagères : Euh, si je dis ça, c'est à cause de tous ces souvenirs de vos voyages.

– Ce sont les photos du minigolf qui se trouve à l'aéroport, soupire

M. Pacowski. Il s'appelle les Sept Merveilles du Monde, et on peut se faire photographier devant une fausse tour Eiffel, un faux Taj Mahal ou une fausse Muraille de Chine. Je n'ai jamais quitté les États-Unis de toute ma vie.

Voilà qui est de plus en plus compliqué. Tout ce qu'imaginaient les enfants était faux. Enfin non, pas tout.

Il leur reste un argument, qui semblait avoir intéressé Mme Johnson :

– Elle a été ravie quand elle a appris que vous étudiiez pour devenir docteur, non ? intervient Clyde.

Il se souvient soudain qu'il n'aurait pas dû être au courant de ce détail et bafouille :

– Euh… je veux dire… j'ai vu ce livre sur votre bureau…

– Ça ? marmonne le coach en soulevant le manuel de médecine. Je l'ai simplement emprunté à la médiathèque. Je voulais juste savoir ce que c'était que ce truc-là.

Il enlève sa chaussette et dévoile un gros pied poilu couvert de moisissure verte. C'est dégoûtant, on dirait qu'il a marché dans du vomi ! Écœurés, Clyde et Lincoln poussent un cri d'horreur. Heureusement que leur institutrice n'a pas vu ça, sinon elle aurait fui directement...

– Agnès a réagi de la même façon quand je le lui ai montré au restaurant, soupire le coach.

Ah, si, elle l'a vu, en fait.

C'est un désastre. Non seulement tous les atouts du coach se sont révélés faux, mais, en plus, il s'est sabordé lui-même en enlevant ses chaussures à table. Peut-être que Lincoln et Clyde n'auraient pas dû le rendre plus attirant, comme l'avait conseillé Lori. Mme Johnson allait forcément être déçue !

– Bon, j'ai besoin d'être seul, conclut le coach. Ouste. Allez donc jouer au parachute avec les autres et fichez-moi la paix.

Les deux garçons se regardent. Lincoln n'aurait jamais cru avoir de la peine pour ce professeur brutal, et, pourtant, il se sent vraiment coupable. C'est à cause de lui, tout ça.

– Euh, coach... En fait, on voudrait vous avouer quelque chose, murmure-t-il.

Il raconte toute l'histoire à son professeur : la manière dont ils ont fouillé son bureau, influencé la jeune femme, discuté exprès à côté du coach, changé ses vêtements, peigné ses cheveux, glissé un bouquet dans sa main... C'est fou, le mal qu'ils se sont donné, quand on y réfléchit !

– Et donc, c'est de notre faute, avoue Lincoln. Mme Johnson avait de bonnes raisons d'imaginer toutes ces choses. C'est pour ça que ça n'a pas fonctionné. Soyez rassuré, vous n'y étiez pour rien...

– Mais ce n'était pas très fin, le coup du pied, précise Clyde.

Quelle idée d'enlever sa chaussette au restaurant, surtout quand on a de la moisissure sur les ongles !

Lincoln foudroie son ami du regard. Ce n'est pas le moment de faire des reproches, alors qu'il essaie de remonter le moral de son professeur.

– On est désolés, conclut-il. C'était malvenu d'intervenir dans votre vie privée.

– Ne perdez surtout pas espoir à cause de nous, ajoute Clyde. Comme mon père le dit souvent : chaque bocal a son couvercle ! Il y a sûrement un couvercle quelque part pour vous. Ou un bocal. Je ne sais pas trop qui est qui dans cette situation.

Le coach a écouté toutes leurs explications sans rien dire. Il finit par soupirer :

– Eh bien, vous avez été francs et c'est tout à votre honneur. J'aime les personnes sincères.

– Ah bon ? s'étonne Lincoln. Alors… on n'aura pas de punition ?

– Non, pas de punition pour vous…, commence le coach.

Les deux amis se regardent, soulagés. Ils ne pensaient pas que leur professeur le prendrait aussi bien. Finalement, c'est toujours mieux de dire la vérité. Ils auraient traîné longtemps le poids de la culpabilité, s'ils n'avaient pas avoué.

Mais l'ombre inquiétante du coach vient les recouvrir tandis qu'il avance vers eux :

– ... en revanche, JE VAIS VOUS ÉTRIPER DE MES PROPRES MAINS ! achève M. Pacowski, fou de rage.

L'amour triomphe toujours !

Affolés, Lincoln et Clyde se précipitent hors du bureau, poursuivis par le coach. Ils sautent sur la toile de parachute, avec laquelle les autres enfants continuent à s'amuser, puis s'enfuient de l'autre côté du gymnase. M. Pacowski rebondit à son tour sur la toile, bien décidé à ne pas les laisser partir.

Sans réfléchir, les deux enfants s'engagent en courant dans le parcours du combattant. Ils ont tellement peur que les obstacles insurmontables autrefois ne les ralentissent même pas. Ils rampent dans la boue, sautent de pneu en pneu, esquivent les pièges et se balancent au bout d'une corde pour échapper à la colère

de leur professeur. Ce dernier bondit à leur suite…

… mais le piège se déclenche et l'écrase sous plusieurs kilos de métal.

Pendus à leur corde, Lincoln et Clyde se regardent. Ils sont un peu inquiets pour leur coach, quand même, mais rassurés d'avoir pu lui échapper.

Un grincement met fin à leur soulagement. M. Pacowski bande ses muscles et parvient à soulever la chape de métal pour se sortir du piège. Il est vraiment costaud ! Affolés, les enfants continuent le parcours. Ils montent tout en haut de la corde, passent d'un barreau d'une échelle à un autre à la force des bras, puis atterrissent sur un trampoline qui les projette de l'autre côté du dernier obstacle.

Le professeur les talonne… mais il est trop lourd, et le trampoline, au lieu de l'envoyer dans les airs, le projette directement *contre* l'obstacle. Il s'encastre dans le bois, à moitié assommé.

– Coach, est-ce que ça va ? s'affole Clyde.

M. Pacowski lève péniblement le pouce pour montrer qu'il est encore conscient, mais le choc lui a embrouillé le cerveau.

– J'ai déjà nettoyé la cabine, maman, bredouille-t-il.

Il faut absolument l'emmener à l'infirmerie !

Allongé sur un lit, le coach peut enfin se reposer. L'infirmière lui a

enroulé une bande de gaze autour du crâne. On dirait un blessé de guerre !

– Dites donc, ce n'est pas une petite bosse que vous avez là, coach, observe la jeune femme. Comment est-ce arrivé ?

Elle pose sa main sur le front de M. Pacowski pour vérifier sa température et le professeur devient tout rouge. Il la trouve vraiment jolie !

– Euh… je…, bredouille-t-il.

Lincoln pourrait dire la vérité et accuser son coach d'avoir voulu les agresser, mais il décide de voler à son secours. Toute cette histoire est de sa faute, finalement – et puis, peut-être que le coach finira par lui pardonner… un jour.

– Il nous montrait comment franchir le parcours d'obstacles de la meilleure façon.

– Dans ce cas, vous devriez vous choisir une activité moins dangereuse, réplique l'infirmière en souriant. Comme… le minigolf. J'adore le minigolf.

Le coach n'en revient pas. Il croyait qu'il était le seul à avoir cette passion, à l'école ! Maintenant que les effets du choc s'estompent, il regarde autour de lui. Les étagères de l'infirmerie sont remplies de photos de vacances de l'infirmière aux quatre coins du monde... ou, plus précisément, de photos d'elle devant les bâtiments du golf de l'aéroport !

– Hein ? Attendez ! Vous... vous aimez le minigolf, madame Patty ?

– Si j'aime ça ? se moque-t-elle. Vous avez en face de vous la reine du minigolf, coach.

– Eh bien, vous avez en face de vous le ROI du minigolf, se vante M. Pacowski avant de préciser : C'est moi !

– Oh ? Dans ce cas, j'aimerais bien voir ce que vous valez, suggère l'infirmière.

– Hey ! Est-ce que vous êtes libre pour une partie, ce soir ?

Grâce à cette passion commune, le coach est tout à fait à l'aise. Il ne bredouille plus, il n'hésite plus, il ne transpire plus. Au contraire, il ne s'est jamais senti aussi sûr de lui !

– Avec plaisir, répond Mme Patty. Le perdant s'engage à payer le pop-corn, d'accord ?

– D'accord !

Les deux enfants regardent la scène, tout attendris :

– Coach a trouvé son couvercle, annonce Clyde. Ou son bocal. Je ne sais toujours pas.

– Quoi qu'il en soit, on va pouvoir faire du parachute pendant longtemps ! se réjouit Lincoln.

– Immortalise ce moment ! conclut son ami en lui donnant une accolade.

Tout est bien qui finit bien et, même si le plan de Lincoln a lamentablement échoué, le coach a fini par trouver son âme sœur. Peut-être se montrera-t-il en effet moins impitoyable lors de ses cours ?

Seulement, Lincoln a oublié un petit détail. Il a remonté le moral de M. Pacowski, mais il n'était pas le seul déçu, dans cette histoire…

– Écoutez-moi attentivement, gronde Mme Johnson tandis qu'elle entre dans la salle de classe où l'attendent ses élèves. Je vais aller droit au but. J'ai eu un rendez-vous effroyable hier soir et je suis absolument furieuse. Par conséquent : interrogation surprise !

– Oh non, gémissent les enfants.

– Sortez une feuille de papier et numérotez-la de un à dix, exige la

professeure. Première question : le bateau de votre mère est-il votre bateau ? Oui ou non ?

Elle semble avoir été profondément affectée par l'échec de la veille. Est-ce que Lincoln et Clyde ont échangé un coach difficile contre une maîtresse difficile ?

Heureusement, la porte de la classe s'ouvre et interrompt la jeune femme.

C'est l'agent d'entretien, qui vient vider les poubelles. Il sourit à l'institutrice et la salue en soulevant sa casquette. Aussitôt, la professeure se met à rougir, toute colère oubliée.

Lincoln et Clyde échangent un regard complice. Ils commencent à avoir l'habitude, désormais. Sans hésiter, notre héros se glisse sous sa chaise

pour être à l'abri des regards et sort son téléphone portable :

– Hé, Lori ? J'ai un autre ami qui a besoin de toi pour des problèmes de cœur ! Non, ce n'est toujours pas moi…

Décidément, sa sœur continuera longtemps à croire que Lincoln est trop timide et demande des conseils pour lui-même. Ça promet pour le jour où le garçon sera vraiment amoureux !

FIN

nickelodeon
BIENVENUE CHEZ LES LOUD
RETROUVE LA NOMBREUSE ET DÉJANTÉE FAMILLE DES LOUD EN DVD !
4 DVD POUR 10H DE RIRES EN FAMILLE
CHOISI PAR gulli
INTEGRALE DE LA SAISON 1
SAISON 1
INTEGRALE DE LA SAISON 2
SAISON 2
© 2019 Viacom International Inc. Tous droits réservés.
Retrouve tous nos titres sur www.citel-video.com
Retrouve ta série sur nickelodeon
@citel.video
citel.video
@citel_video
Citel VIDEO

As-tu lu les autres aventures de Lincoln ?

Tome 1

Tome 2

Tome 3

Tome 4

Tome 5

Tome 6

Tome 7

Tome 8

Tome 9

Tome 10

Tome 11

Tome 12

Tome 13

Tome 14

Tome 15

Tome 16

Tome 17

Tome 18

Tome 19

Tome 20

Tous tes héros sont sur
www.bibliotheque-rose.com

Tu as aimé cette histoire ?
Retrouve la famille Loud
dans le prochain tome !

COLLECTIONNE TOUTES LES BD DE TA FAMILLE PRÉFÉRÉE !

Tome 1

Tome 2

Tome 3

Tome 4

Tome 5

Tome 6

Tome 7

Tome 8

Tome 9

Intégrale : Tomes 1/2/3

Retrouve ta série sur Nickelodeon

PAPIER À BASE DE FIBRES CERTIFIÉES

hachette s'engage pour l'environnement en réduisant l'empreinte carbone de ses livres. Celle de cet exemplaire est de :
300g éq. CO_2
Rendez-vous sur www.hachette-durable.fr

Photogravure Nord Compo - Villeneuve-d'Ascq
Imprimé en Espagne par MACROLIBROS
Dépôt légal : septembre 2020
Achevé d'imprimer : septembre 2020
48.5016.3/01 – ISBN 978-2-01-628885-6
Loi n° 49956 du 16 juillet 1949
sur les publications destinées à la jeunesse

Table